ÉPITRE

A M. LE VICOMTE

Sosthène de la Rochefoucauld.

Pour paraître incessamment.

Seconde Épître à M. le vicomte Sosthène de la Rochefoucauld sur la propriété littéraire.

Troisième Épître à M. le vicomte Sosthène de la Rochefoucauld, avec cette épigraphe :

Plus de théâtres !

Épître au Général de l'Ordre a Rome par le R. P. Ange de Montrouge.

ÉPITRE

A M. LE VICOMTE

S. de la Rochefoucauld.

Ah! mon Dieu! prenez-moi ce mouchoir...
.... Couvrez ce sein que je ne saurais voir.
Par de pareils objets les âmes sont blessées,
Et cela fait venir de coupables pensées.

TARTUFE.

CHEZ LES MARCHANDS DE NOUVEAUTÉS.

1826.

Épitre

A

M. LE VICOMTE SOSTHÈNE.

Noble et beau descendant de l'auteur des *Maximes*,
J'oserai, de ton nom ennoblissant ces rimes,
D'un cœur reconnaissant hommage mérité,
Te traîner tout vivant à l'immortalité.
Oui, la reconnaissance est le dieu qui m'inspire!
Ne crois pas qu'auteur vil, à te flatter j'aspire;
Est-il un dieu mortel que ma muse encensât!
Mais, Sosthène, Apollon ne sait pas être ingrat.

Insensé! j'espérais, des beaux vers idolâtre,
Sur les pas de Quinault conquérir le théâtre,

Et j'ignorais, hélas! qu'un auteur d'opéra,

En enfer, comme un sot, tôt ou tard brûlera.

Par amour du prochain, ta pieuse sagesse

M'épargna les dangers que cherchait ma jeunesse,

Et me fermant la scène, où le ciel t'a fait roi,

Bon chrétien, tu sauvas mon ame, malgré moi.

Occupé tour-à-tour du ciel et des coulisses,

Aux pieds d'un directeur, aux genoux des actrices,

Sans doute mon nom même a fui ton souvenir;

Le nom d'un roturier, peux-tu le retenir!

Mais oublierai-je, moi, ta rigueur charitable?

Non: que le Paradis, loin des griffes du diable,

Nous rassemble un matin dans la paix du Seigneur;

Je veux de mon salut t'attribuer l'honneur.

Sosthène, sois content; l'incorruptible histoire,

Émule de Colbert, éternise ta gloire:

Tu règnes, et des arts le pâlissant flambeau,

A tes mains confié, jette un éclat plus beau.

Sous tés heureuses lois, la France et Polymnie

D'un *maestro* paresseux adoptent le génie,

Et le noble faubourg vient, par delà les ponts,

Se repaître à prix d'or de l'ennui des Bouffons.

Un poète aujourd'hui, quand la faim le menace,

Court-il à l'hôpital en tombant du Parnasse?

Non : s'il veut trafiquer d'éloges imposteurs,

Sa lyre ne craint pas de manquer d'acheteurs.

Six tréteaux consacrés au joyeux vaudeville,

De frivoles refrains déshonorent la ville;

Mais Thalie, attachée à te faire sa cour,

N'ose flétrir les sots et les vices du jour,

Et roi dans l'Odéon que Melpomène habite,

De son temple récent Freschut la déshérite.

Trente écrivains rentés vivent de tes bienfaits;

B ******** fait des vers que Chaulieu n'eût pas faits,

S ******* est un Quinault, D ********* un Racine;

Enfin ton style est plein d'une grace divine,

Et si tu recueillais, rival de ton aïeul,

Ces mots ingénieux que tu sais trouver seul,

Ton siècle opposerait ton nom, son plus beau lustre,

Au siècle dont Louis est le patron illustre.

Bravo ! l'Académie, avide de renom,

Va pour l'honneur du corps réclamer ton grand nom ;

Un immortel, prenant le chemin de La Chaise,

Abdique en ta faveur pour dormir à son aise.

Ton esprit, à la fois et léger et profond,

Éclate tous les jours, en prodiges fécond,

Et l'instant qui, des arts te créant le Mécène,

A ton sceptre absolu sacrifia la scène,

Te montra plein de zèle à vaincre les abus,

D'un empire avili funestes attributs.

Honteux ; rassassié d'une ivresse timide,

La gloire t'entraîna loin des jardins d'Armide,

Et tu suivis, quittant la douce obscurité,

Le sentier épineux de la célébrité.

A peine un roi débile à tes mains souveraines

De l'état musical abandonna les rènes,

Que, des prudes de cours écoutant les clameurs,

Tu voulus au théâtre acclimater les mœurs,

Et forcer aux vertus le baladin profane

Que le roi pensionne et que l'église damne.

Terpsichore aussitôt, grimaçant la pudeur,

Défigura ses traits d'un masque de candeur;

D'un souris gracieux réprima le scandale,

Et, par tes soins dévots érigée en vestale,

D'une robe traînante embarrassant ses pas,

Chaste, d'un voile épais étonna ses appas.

La mère des amours revint à l'innocence;

Les Graces en boudant apprirent la décence;

La bayadère même, à l'œil désenchanté,

N'osa plus sans rougir feindre la volupté;

Et facile à te plaire, on vit une déesse

Danser un *pas de deux* au sortir de confesse.

Ce n'était pas assez; des crésus insolents,

De pesants étrangers et des fats pétulants,

Étalant au balcon leurs amoureux caprices,

En plein théâtre allaient marchander les actrices,

Consultaient le tarif, et leur choix libertin

Entre Flore et Psyché balançait incertain.

Mais à tout l'or anglais les coulisses fermées

Rassurèrent bientôt ces vierges alarmées,

Et ce sérail modeste, adorant ton pouvoir,

Te vit seul en sultan lui jeter le mouchoir.

Alors de la vertu l'Opéra fut l'école,

Et la mère, fuyant un spectacle frivole,

Courut avec sa fille aux opéras nouveaux

Chercher des drames saints et des ballets moraux.

Oui, champion mondain de l'austère morale,

Tu changeas en or pur la fange théâtrale,

Et dans un long programme, écrit en beau français,

Qui de Paris injuste éveilla les sifflets,

Ta prudence *arréta* que la muse lyrique,

Trempant sous les Bourbons son zèle monarchique,

Du trône et de l'autel édifiant soutien,

Prouverait en chantant qu'en France tout est bien.

O muses, préparez d'historiques parades!

Nous entendrons bientôt Anquetil en roulades;

Dans un grave fatras, par le chant embelli,

Sans dormir le parterre étudîra Velly.

Gaulois, Francs et Saxons, que de héros célèbres

Des chroniqueurs poudreux vont quitter les ténèbres!

Que de noms discordants, rimés en *ude*, en *ic*,

Avec nos premiers rois vont brouiller le public!

O vrais dilettanti! dans la première race

Clovis même à vos yeux ne saurait trouver grace;

Et, pour chanter un nom à l'oreille plus doux,

Des enfants de Capet lequel choisirez-vous?

Gloire au génie heureux qui le premier rassemble

Charlemagne et ses pairs dans un morceau d'ensemble!

Dans un grand air, Éloy prêchera Dagobert,

Et des moines en chœurs interdiront Robert.

Quand irai-je applaudir des duo politiques,

De dévotes chansons et de tendres cantiques!

Qu'un pape aura bon air sous les traits de Nourrit!

D'une sainte déjà le rôle te sourit,

Naïve Jawureck, et ton regard de flamme

Des pêcheurs endurcis espère toucher l'ame.

Montrouge même, enfin sur la scène vainqueur,

Veut d'un auto-da-fé feindre la sainte horreur,

Et préparer nos yeux aux bûchers catholiques

Que Loyola va rendre à nos places publiques.

Que ton nom soit béni, Sosthène, et que le ciel
De l'envie épuisée adoucisse le fiel!
Qu'importe si les nains de la littérature,
Qui vendent leur silence et vivent de l'injure,
Dans leur fange, affamés, croassent par emploi?
Leurs faibles cris à peine arrivent jusqu'à toi!
Sous la foudre impuni, contre l'Être suprême
Ainsi l'impie exhale un impuissant blasphème.
Des journaux, je le sais, méchamment rédigés,
Rassemblent tous leurs traits contre toi dirigés.
Tes bons mots, la Pandore en sa *Boîte* les serre;
Ton nom seul enrichit le *Butin* du Corsaire;
De son fouet en riant le Frondeur te poursuit;
De Montrouge à la cour la Nouveauté te suit;
Le Mercure indiscret.... est payé pour se taire,
Et tes quinze cents francs, honorable salaire,
Entre les mains des Grecs en armes transformés,
Laissent tes ennemis muets et désarmés.

Mais, Sosthène, où te pousse une inutile envie?
Pour acheter la paix, vainement Octavie

A tes prodigues mains livrerait son trésor,

Avant les quolibets s'épuiserait ton or.

　—Voyez, dit un plaisant, armé d'un cimeterre,

Son grand laquais Picard trancher du janissaire. —

Bizarre est ta devise, et ********, j'en conviens,

Prendrait au lieu d'un Turc cent gendarmes chrétiens.

　— Avez-vous lu, dit l'autre, un discours de Sosthène ?

Pour la rime Boileau crierait au Démosthène. —

Eh! de grace, messieurs, Démosthène a passé

Pour un grand orateur..... mais il est surpassé!

Tout fier de ses haillons, un pauvre auteur s'écrie :

　—Beau vicomte, la mode est ta fille chérie;

Pour toi l'année entière est un long carnaval;

Et, grace à tes tailleurs, tu brilles sans rival. —

Tais-toi; cache plutôt ta jalouse indigence.

Sais-tu quel est le dieu du goût, de l'élégance,

Qui, desservi par Staub, va du sexe charmé

Solliciter l'encens.... Tout Paris l'a nommé!

Mais quel reproche vain jette un esprit morose :

　—Quoi! du plaisir profane il effeuille la rose,

Cet élu du Seigneur, qui, par Montrouge instruit,

Rêvant de Belzébut le royaume détruit,

Jurait que l'Opéra, de son immonde enceinte

Verrait pour l'almanach surgir plus d'une sainte;

Une infâme beauté, vendue à ses désirs,

Damne une si belle ame à force de plaisirs. —

Ah! méchants, arrêtez, vous vous damnez vous-même.

Aimer, est-ce pécher? en paradis on aime;

Chantre de Calypso, Fénélon saintement

De la tendre Guyon était le chaste amant :

Le précepte a souvent contrarié l'exemple;

Et le dieu de mystère environne son temple.

Eh bien! qu'en ton hôtel, cher à la volupté,

Par l'escalier secret se glisse la beauté,

Tandis qu'à grand fracas, armoriés de crosses,

Dans ta cour ébranlée arrivent vingt carrosses;

A l'abri de ton nom fais cent fois pis encor,

Et si Rome et la cour protègent ton essor;

Je veux au ministère, où ton espoir s'élance,

Réjouir ton orgueil du titre d'Excellence.

Mais redoute ******* à l'égal de l'enfer;

Pot d'argile, iras-tu heurter le pot de fer?

L'idole va tomber par cent bras abattue;

Son piédestal désert recevra ta statue,

Et de ce dieu déchu les sages courtisans

En foule à ton autel porteront leur encens.

Triomphe! souviens-toi dé ces sacrés préceptes

Qu'Escobar imprimait au cœur de ses adeptes:

« L'intention est tout; par des chemins maudits

« Le juste quelquefois arrive en paradis. »

Cette morale-là serait belle en musique!

Béni soit du Seigneur qui la met en pratique!

Dans le troupeau charmant dont Gardel est pasteur,

Est-il quelque syrène, au minois séducteur,

Qui de liens de fleurs emprisonnant *******

Épuise les flots d'or que son coffre recèle?

Une danseuse, habile à dévorer les sots,

De l'antique Pactole eût tari les ruisseaux!

La nymphe, en moins d'un an, appauvrira la source

Des trente millions que, par un jeu de Bourse,

Sur les pâles rentiers le ministre a conquis :

Le ciel change en fumée un trésor mal acquis !

Alors plus de dîners où l'élite du centre

Vouait au ministère et sa voix et son ventre !

Plus de feuilles à gage au patron financier

Offrant de leurs bravos le tribut journalier !

Montrouge, à sa ruine animant tous les anges,

Pour qui manque d'argent manquera de louanges ,

Et la chaire entendra, pour texte d'un sermon :

« Fuyez le trois pour cent, cette œuvre du démon. »

Le ministre, chargé des haines qu'il recueille,

Laissera dans tes mains tomber le portefeuille,

Et vers ses chers Gascons s'en retournant à pié,

Languira, des sifflets même hélas ! oublié.

Que sa chute t'élève ! ô dernière espérance !

Sosthène et l'Opéra doivent sauver la France !

PARIS, IMPRIMERIE DE GAULTIER-LAGUIONIE.